W9-ATM-860

ESCRITO E ILUSTRADO POR **DAV PILKEY**
COMO JORGE BETANZOS Y BERTO HENARES
CON COLOR DE JOSE GARIBALDI

graphix
UN SELLO EDITORIAL DE
SCHOLASTIC

PARA AMY BERKOWER, QUIEN UNA VEZ ME DIJO: "ESCRIBE LOS LIBROS QUE TE HAGAN FELIZ". GRACIAS POR CREER EN MÍ.

Originally published in English as *Dog Man: Grime and Punishment*

Translated by Nuria Molinero

ISBN 978-1-338-60133-6

10 9 8 7 6 5 4 3 2 1 21 22 23 24 25

Printed in China 62
First Spanish printing, September 2021

Original edition edited by Ken Geist
Book design by Dav Pilkey and Phil Falco
Color by Jose Garibaldi
Color flatting by Aaron Polk
Publisher: David Saylor

CAPÍTULOS

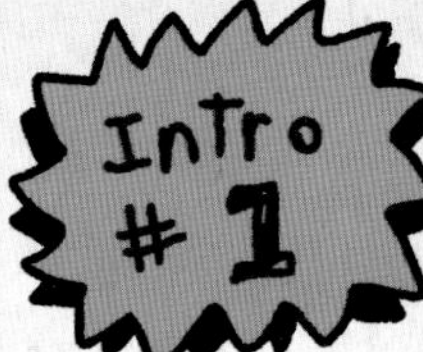

Jorge y Berto
Famosos de verdad

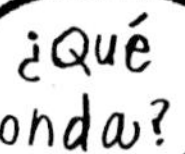

Oye, ¿qué es mercadería?
¡Ni idea!

¡¡¡Voy a llamar a la policía, maleantes!!!

Y así...
¿Qué pasa aquí?

¡Estos delincuentes están realizando transacciones ilícitas!

¡¡¡Bueno, veamos qué es esto!!!
SUPER-GATITO
HOMBRE PERRO

¡JA JA JA JA!
SUPER-GATITO
HOMBRE PERRO

¡Oigan, estos cómics son INCREÍBLES!
¡Gracias!

¡Tenemos un descuento especial para policías!
¡Sí! ¡3 por 5 pesos!

¡Bien, me llevo tres!
¡¡¡Dame SEIS!!!
¡Clin clin!
poing

¿¿Es que no los van a ARRESTAR??

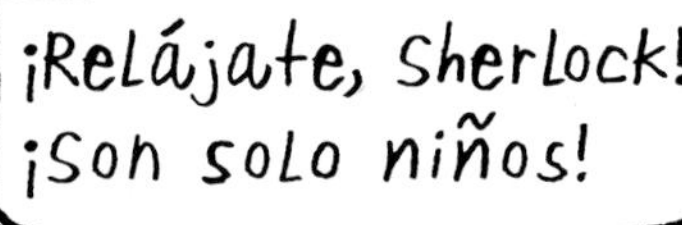
¡Relájate, Sherlock! ¡Son solo niños!

Los policías le dijeron de los cómics a todo el mundo...

Cuentos Casaenrama $3.50

"¡Increíbles!"
—Los policías

SUPER-GATITO

5

Muy pronto llegó más y más gente.

AL DÍA NOTICIAS

EL CENTRO VUELVE A SER POPULAR

¡¡¡Gracias a unos cómics inmaduros!!!

¿Qué deberíamos hacer con esos niños?

¡Ya sé! ¡Les daremos comida y regalos gratis!

¡Ya les dije cincuenta veces que no me llamo Sherlock!

¡¡¡Bueno, será mejor que empecemos el siguiente cómic!!!

¡El público nos espera!

Mientras trabajamos en nuestro siguiente relato profundo y maduro...

¡¡¡Lean nuestra historia hasta ahora!!!

PASA

HOMBRE PERRO

Nuestra historia hasta ahora...

Un día, un policía y un perro policía...

¡resultaron heridos en una explosión!

Los llevaron al hospital a toda velocidad...

pero el doctor tenía malas noticias:

¡Y tu **CUERPO** se muere, amigo perrito!
gime gime gime

Pero entonces la señorita enfermera tuvo una súper idea.

¡Ya sé! ¡¡¡Cosamos la cabeza del perro al cuerpo del policía!!!

¡¡¡Eres un **genio**, señorita enfermera!!!
Lo sé.

Así que hicieron la gran operación...

Y así fue como empezó Hombre Perro.

Hombre Perro mantuvo la ciudad a salvo de malhechores...

hasta que un día...

todo cambió.

Pedrito, el gato más malvado del mundo...

se transformó gracias al amor...

Pero aunque el **CORAZÓN** de Pedrito ha cambiado...

en su **MENTE** aún lo persiguen los fantasmas del pasado.

Para que Pedrito siga haciendo

EL BIEN...

¡necesitará un poco de ayuda de sus **AMIGOS!**

¡**APENAS** conozco a estas personas!

Así que relájense y disfruten...

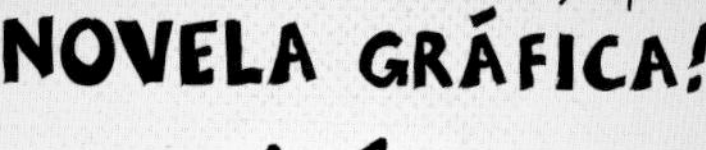

¡Tan solo es un cómic!

CUENTOS CASAENRAMA presenta con orgullo:
Capítulo 1
EL gran día del jefe
jefe
¡VIVA EL JEFE!
A
#1

¡Buenas tardes!
Ayuntamiento

¡Soy el alcalde!
A

¡Gracias por venir en esta ocasión tan ~~auspiciosa~~ agradable!
¡VIVA EL JEFE!
jefe
A

Estamos aquí para homenajear al **JEFE**...
jefe
A

¡por ser el **MEJOR** jefe de la ciudad!
jefe
A
¡Hurra!
¡Yupiii!

¿¿¿No es el **ÚNICO** jefe de la ciudad???
¡Shhh!

Y para presentar el reconocimiento...
jefe

aquí está el **mejor amigo** del jefe...
jefe

¡HOMBRE PERRO!
jefe
¡VIVA EL JEFE!
¡HURRA!
¡YUPI!
CLAP, CLAP, CLAP, CLAP, CLAP

jefe
¡VIVA EL JEFE!
¡QUÉ CHÉVERE!
¡ESO!
CLAP, CLAP, CLAP

jefe
¡VIVA EL JEFE!
CLAP

¿Dónde está?
jefe
EL JEFE!

¡Estaba aquí hace un momento!
jefe

¡¡¡Seguro que está cavando en los canteros de flores!!!
¡MIS ROSAS!
jefe
JEFE!

Bah, no se preocupe, alcalde...
jefe

¡¡¡Hombre Perro nunca haría algo así!!!
jefe

¡OYE, HOMBRE PERRO!
jefe

Rosas de ALCALDE (No pisar)

¡Escuche! ¡¡¡Aquí viene!!!
jefe

jefe

¡¡¡MIS ROSAS!!!
jefe
¡VIVA EL JEFE!

¿Qué podría ser **PEOR**?

¡NOOOOO!
¡VIVA
jefe

Presentamos el
FLIP

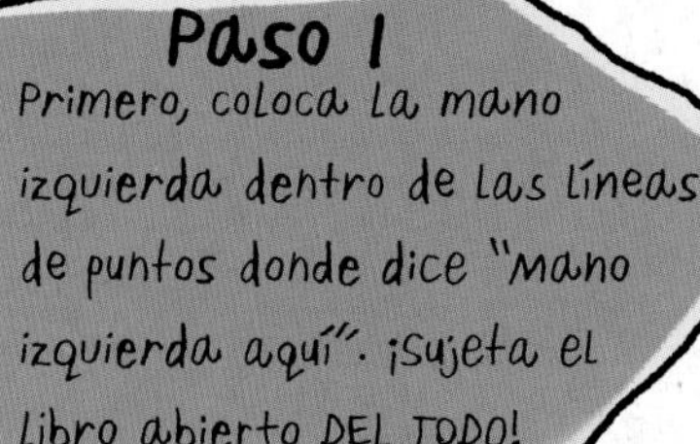

Paso 1

Primero, coloca la mano izquierda dentro de las líneas de puntos donde dice "mano izquierda aquí". ¡Sujeta el libro abierto DEL TODO!

Paso 2

Sujeta la página de la derecha con los dedos pulgar e índice de la mano derecha (dentro de las líneas que dicen "Pulgar derecho aquí").

Paso 3

Ahora agita rápidamente la página de la derecha hasta que parezca que la imagen está animada.

(¡Diversión asegurada con la incorporación de efectos sonoros personalizados!)

Recuerden,

mientras agitan la página, asegúrense de que pueden ver las ilustraciones de la página 23 **Y** las de la página 25.

Si agitan la página rápidamente, ¡parecerán dibujos **ANIMADOS**!

¡No olviden incorporar sus efectos sonoros personalizados!

Mano izquierda aquí

Pulgar
derecho
aquí.

¡PERRITO MALO!

¡No llore, alcalde! Él solamente...
jefe

¡¡¡NO ESTOY LLORANDO!!!

Me empapó los lentes de babas...

me llenó el **traje** nuevo de **churre...**
jefe
olfatea olfatea

¡y destruyó mis rosales!
jefe
Ayuntamiento

Si ese policía con cabeza de perro se mete en líos UNA VEZ MÁS...
jefe
A

¡¡¡Le quitaré la PLACA!!!
jefe
A

No se preocupe. Hombre Perro se pone nervioso, ¡eso es todo!
jefe

¡A partir de ahora será bueno!
jefe

¡¡¡BUENO, ESO ESPERO!!!
jefe
A

¿Dónde está mi sombrero?
jefe
A

¡OYE! ¡MI SOMBRERO!
jefe
Ras
Ras

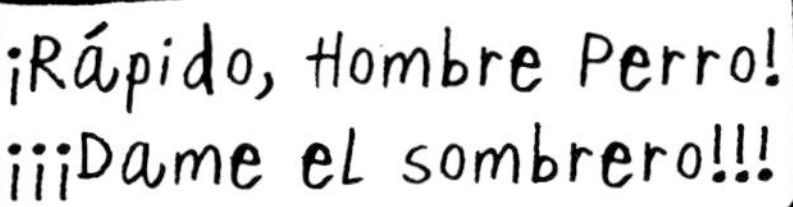
¡Rápido, Hombre Perro!
¡¡¡Dame el sombrero!!!

jefe

¡¡¡DÁMELO!!!
jefe

¡SUÉLTALO! ¡¡¡EN SERIO!!!
jefe

jefe
¡RAS!

jefe
¡CRAC!

CRAC
jefe

¡COOORRAN!
Ayunta miento
CATAPLÚN
cronch
cronch
cronch
jefe

jefe

jefe

jefe

FIUM
CHOMP
jefe

¡¡¡HOMBRE PERRO!!!
jefe

¡REGRESA CON ESE SOMBRERO!
jefe

CAPÍTULO 2

Esa noche...
Casa del alcalde
jefe

DIN DON
jefe

¿Qué TÚ quieres?
jefe

¿Y ESE qué hace aquí?
jefe

¡¡¡Te dije que despidieras a ese tipo!!!
jefe

¡Pero, alcalde, por favor!
jefe

¡¡¡NINGÚN "ALCALDE, POR FAVOR"!!!

¡¡¡Ese perro con cabeza de policía es un **ESTORBO**!!!

¡¡¡HOMBRE PERRO, ESTÁS DESPEDIDO!!!
jefe

Y AHORA, ¡FUERA DE MI JARDÍN!
jefe

¿Viste, Sr. Peluchín?

¡¡¡Te DIJE que soy muy PODEROSO!!!

¡Sí, señor! ¡Todos me escuchan!

¡Porque soy el **MEJOR** alcalde de la ciudad!

¡¡¡¡Buenas noches, Sr. Peluchín!!!!

Casa del alcalde

No vamos a llorar, ¿de acuerdo?
jefe

¡Vamos a ser valientes!
jefe

policía
jefe
Sencillamente entraremos...

y... y... nos acercaremos a tu escritorio...
jefe
Mili
Benito

y recogeremos tus cosas...
jefe
Gloria
Pati
Hombre Perro

Aquí está el hueso que te gusta roer.

BUA BUA BUA BUAA

BUU BUAA
jefe
¡¡¡¡Vaya, el jefe está llorando de verdad!!!!
¡No... no... no... no estoy llorando!
jefe
¡¡¡Es solo alergia!!!
jefe

¡¡¡Creo que yo también tengo alergia!!!

¡Y yo!

¡Somos alérgicos a la TRISTEZA!

BU BUA BUA BUAA

jefe

¡¡¡Bueno, no me sorprende!!!

¡Sí! ¡¡¡Hombre Perro era un policía TERRIBLE!!!

¡Es verdad! ¡¡Mordió mi teléfono nuevo!!

¡¡¡Y otra vez hizo caca en mi archivador!!!

¿¿¿ES QUE NO TE DA VERGÜENZA???
Lis plas plis plas

¡MIRA LO QUE HICISTE!

¡Hiciste LLORAR a todo el mundo!

¡Y le rompiste el corazón al jefe!

jefe

¡Vete de aquí, HOMBRE PERRO!
¡Y NO VUELVAS NUNCA MÁS!
plis plas plis

policía
¡PLAS!

AU, AUUUUU

AU, AU, AUUUUUUUUUUUUUUUUUUUUU

¡AU, AUUUUU! AU, AU, AU, AUUUUUUUUUUUUUUUUUUU

CAPÍTULO 3

EL CAPÍTULO que no es tan totalmente triste como el anterior

Mientras tanto...
Hombre Perro
Está bien, HD 80...

puedes pintar el árbol de rojo.

Es nuestra historia. ¡Podemos colorearla como queramos!
Acariciamos a Hombre Perro junto al árbol.

¡Mira! Hombre Perro vuelve de...

¿Qué ocurre, Hombre Perro?
Chan Clas Chan Clas Chan Clas

¿Otra vez te metiste en problemas en el trabajo?

¿Qué pasó?

¡¡¡AU, AUUU, AUAU, AUUUUUUUUUU!!!
¿Eso hiciste?

¡AUUUUUU! ¡¡AUU, AU, AUUUUUUU!!
¿Eso hizo?

¡AUUUU, AUAUAU, AU, AU, AUUUUU!
¿No puedes?

Este...

¡¡¡Tengo una idea!!!

¡¡¡Te ayudaremos a recuperar tu trabajo!!!
Chan Clas

¡No te preocupes por nada!
Míranos. Estamos sobre la Tierra.

Chan Clas Chan
Solo ven arriba...

y acuéstate en tu cama...

¡y yo te leeré un cuento!
Hombre Perro y yo y HD 80

Yo escribí el texto y HD 80 hizo los dibujos.
olfatea olfatea
¿Estás listo?
Hombre Perro y yo y HD 80
Aquí está Hombre Perro.
Acariciamos a Hombre Perro junto al árbol.

Tuvimos un sueño, pero no daba miedo.
Míranos. Estamos sobre LA Tierra.
¿Te gusta Hombre Perro? A nosotros, sí.

Ya es hora de dormir.

Fin.
Z Z Z Z
Fin

Descansa gatito
Z Z Z
Fin
¡Se durmió!

¡Vamos, HD 80! ¡¡¡Tenemos trabajo que hacer!!!
Elevad
Chan Clas chan

Si puedo conectar estos tubos al híper disco...

Vino la...

Lluvia y...

¡¡¡se la llevó!!!

El sol
salió y...

¡¡¿QUIERES CALLARTE DE UNA VEZ??!

¿Por qué tienes que ser tan INSOPORTABLE?

¡NUNCA falla!

Siempre que estoy TRABAJANDO...

o leyendo... o durmiendo...

Tú empiezas a saltar en la cama...

o a cantar UNA canción estúpida...

¡¡¡O a contar una de tus absurdas HISTORIAS!!!

¡¡¡Anoche me despertaste para preguntarme cuál era MI COLOR FAVORITO!!!

¡¡¡ME TIENES HASTA LA CORONILLA!!!

BUA BUAAAAAAA

BUAAAA BUAAAAAA BUA BUA

¡¡¡POR FIN!!!

Mira mi último invento: ¡¡¡el poderoso Moto Cerebro!!!
BUA BUAAA

¿¿¿Estás listo para probarlo???

¿Por qué tienes que ser tan **malo,** abuelo?

¡Pensaba que te caía **bien**!

¡NUNCA DIJE QUE ME CAYERAS BIEN!

¡DIJE QUE TE NECESITABA!

¿Me... me necesitas?

¡¡¡Claro que sí!!!
PAP
PAP
PAP

¡¡¡Te necesito como conejillo de Indias!!!

¿Conejillo de Indias?

¡Claro! ¡El Moto cerebro nunca ha sido probado!

¡Podría ser PELIGROSO!

¡Por eso necesito probarlo CONTIGO!
¡PLOP!

Pe… pero, abuelo, ¿esta cosa es SEGURA?

Bah, no te preocupes, Juan el Gordo. ¡Yo estaré bien!

¡Ahora vamos a encenderlo!
CLIC

Ron
Ron
Ron
Ron

¿Qué se supone que haga, abuelo?

¡¡¡Es un AMPLIFICADOR DE PERSONALIDAD!!!

Utiliza tu yo más íntimo...

¡Y lo MULTIPLICA EXPONENCIALMENTE!

Ahora subamos La potencia a ONCE...
BISS
J
¡¡¡Y veamos qué ocurre!!!
J

"¡Amoroso agitar, pero Amoroso no rasgar!".

Mano izquierda aqu

Pulgar derecho aquí.

AMOROSO ACARICIAR GATITO
AMOROSO BESAR GATITO
AMOROSO ACUNAR GATITO

¡AMOROSO AMAR GATITO!
¡SOCORRO!

¡¡¡AGÁRRATE FUERTE!!!

¡¡¡AGÁRRATE FUERTE!!!
¡AAAY!

¡PAM!

¿Qué es esto?

¿Una vía de escape secreta?

CAPÍTULO 4

EL PERRO CON SOMBRERO

Peque Pedrito y HD 80 estaban arriba, en el gran salón, terminando su último invento.

¡Hissss!
CLIC

¡Y ahora la última prueba!

¡Despierta, Hombre Perro!
Chan Clas Chan Clas Chan

¡¡¡HD 80 y yo hicimos un nuevo invento!!!

¡Vamos a probártelo!

PLOP

¡CHÉVERE!

¡¡¡Pareces un gato, Hombre Perro!!!

Y si presionas tu oreja derecha...

¡¡¡puedes **HABLAR** como un gato!!!
miau
CLIC

¡¡¡Ahora prueba la **otra** oreja!!!
CLIC
¡Hissss!

¡Ahora solo falta un último detalle!

Soy u

Soy un gat

Soy un gato
¡Perfecto!

Din Don
Soy un gato
¡¡¡EL timbre!!!

Guau
Guau
Guau
Guau
Guau
Guau
Chan Clas Chan

Guau
Guau
Guau
Guau
Guau
Guau
Chan Clas Chan

Guau, guau. Ah, ¡hola, papi!
Hombre Perro

Pom Pom Pom
LAME
LAME
LAME
ABRAZA
ABRAZA
ABRAZA
Hombre Perro

¡BASTA YA!

¡No a todo el mundo le gusta que lo acaricien y lo laman!
Soy un gato
Hombre Perro

Lo siento, papi.

Mira, está bien si TÚ lo haces, pero...
Soy un gato

Soy un gato

¿Cuál es SU problema?
Soy un

¡Ese es Hombre Perro!

¡YA SÉ QUE ES HOMBRE PERRO!

¿¿¿Por qué está disfrazado ASÍ???
Soy un gato

Ah, porque lo despidieron ayer...
Soy un gato

¡¡¡Y al jefe no lo dejan contratar más perros!!!

¡Así que lo convertimos en un GATO!

¡NADIE va a creer que ÉL es un GATO!
¿Ah, no?

¡NO! ¡Se ve RIDÍCULO!
soy un gato

¡Pero, papi, TENEMOS que ayudarlo!

Bueno, bueno...

Te daré algunos CONSEJOS:

No te revuelques en el pescado...

¡¡¡Y deja de sacar la lengua!!!

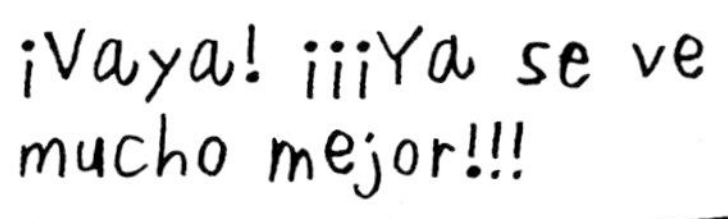
¡Vaya! ¡¡¡Ya se ve mucho mejor!!!

Soy un gato

¡Problema RESUELTO!

¡Bueno, chico! ¡Vamos a comer gelato!
¡Sí!

¡Adiós, Hombre Perro! ¡¡¡Buena suerte!!!
Soy un gato

CAPÍTULO 5

Un montón de cosas que sucedieron después

Enseguida...
Soy un gato

Soy un gato

policía

se ofrece empleo
Pregunte aquí
P.D. NO PERROS
Soy un gato

se ofrece empleo
Pregunte aquí
P.D. NO PERROS
Soy un gato

TOC TOC
Soy un gato

¡Oye, jefe! ¡Creo que vino alguien por lo del empleo!
BUAAAAAA
jefe

¡Benito, que pase!
snif
snif

policía
¡¡PLAS!!

Soy un gato

BUAAAAAAA
Soy un gato
plis plas

BUA BUA BUAAA BUAAAAAAAA
jefe
Soy un gato
plis plas plis plas plis

¿Por qué? ¿Por qué? ¿Por qué?
jefe
Soy un gato

Soy un gato

¡CLOM!
jefe
Soy un gato

¡¡¡OYE!!!
jefe

¡DAME ESO!
jefe

¡SUELTA ESO AHORA MISMO!
jefe

¡RAS!
jefe
Soy un gato

jefe
soy un gato
¡CRAS!

¡OYE!
jefe
soy un gato
soy un gato

¿ERES TÚ?
jefe
Soy un

jefe
Soy un

jefe
gato.

¡¡¡Pero, Hombre Perro, no puedes estar aquí!!!
jefe
Soy un gato

Si se entera el alcalde...
jefe
Soy un

¡Oye, jefe! ¡El alcalde está aquí!
jefe

jefe
¡PLOP!
Soy un gato

jefe
¡Shhhh!
Soy un

¿Por qué está todo **MOJADO**?
jefe
Soy un gato
A

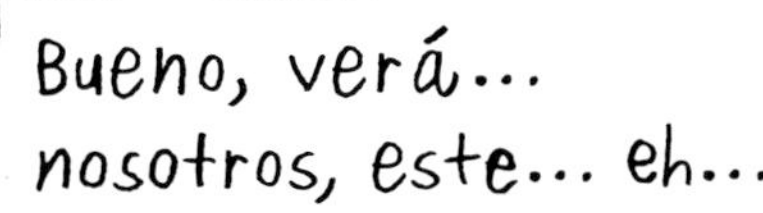
Bueno, verá... nosotros, este... eh...

jefe

¡No importa!
jefe
Soy un
A

¿Ya encontró un sustituto para Hombre Perro?

Bueno, verá, alcalde, nosotros...
jefe

¿Y qué pasa con **él**?
jefe
Soy un gato

¡Un hombre con cabeza de gato sería **perfecto**!
jefe
Soy un

Tan limpio... tan listo...

¡Y tiene **nueve vidas**!
jefe
Soy un gato

¡Deberíamos contratarlo!
jefe
Soy un gato

Eh... ¡de acuerdo!
¡Estupendo!
jefe
Soy un gato

¡Creo que tengo la placa de Hombre Perro en el bolsillo!
jefe
Soy un gato

¡Ah! ¡Aquí está!
Soy un gato

¡Vaya, miren eso!
jefe

¡Le queda perfecta!

¡ENHORABUENA!
jefe

¡¡¡Bienvenido al cuerpo!!!
jefe

¡Oye! ¡¡¡He resuelto otro problema!!!
jefe

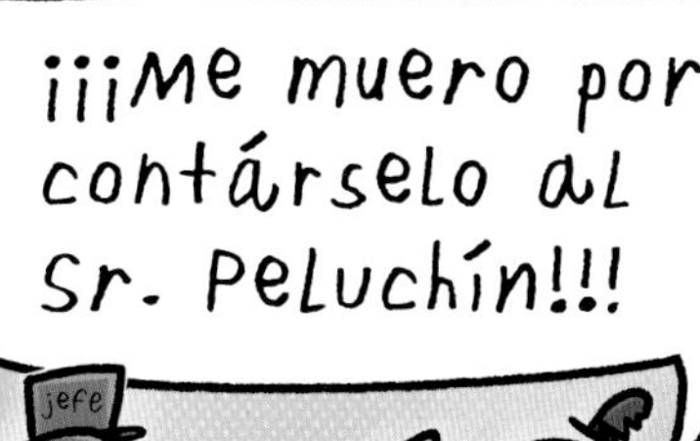
¡¡¡Me muero por contárselo al Sr. Peluchín!!!

jefe

jefe

¡Ay, chico, esto será GENIAL!

Mientras tanto...

¿Qué tal está el gelato?
Rico.

¡Oye! ¡Comencé a construir un robot este fin de semana!

¡Me vendría bien tu ayuda esta semana!
No puedo.

¿Por qué no?

¡¡¡Esta semana me reúno con mi **club de cómics**!!!

¡Mira! ¡¡¡Los ROBOTS son más IMPORTANTES que los cómics!!!
¿Por qué?

¡Porque NECESITAMOS robots para protegernos!
¿Por qué?

¡Porque el ABUELO podría escaparse otra vez de la cárcel!
¿Por qué?

¡Porque es un VILLANO MALVADO!
¿Por qué?

¡Porque hace
cosas terribles!
¿Por qué?

¡Porque solo se preocupa por sí mismo!
¿Por qué?

¡¡¡Porque sencillamente él es así!!!
¿Por qué?

¿PUEDES PARAR YA?
¿Por qué?

¡PORQUE ES IRRITANTE!
¿Por qué?

¡Oye, quítate!
¿Por qué?

¡Porque no quiero que me llenes de gelato!
¿Por qué?

¡¡¡Porque no quiero estar PEGAJOSO!!!

¡No te voy a ensuciar, papi!

¿Ves?

¡PLAS!

Mientras tanto...
¡LOS PASTELITOS SALVAN VIDAS!
¡¡¡No puedo creer mi buena suerte!!!

Este sitio tiene de **TODO...**

salida pastelito
¡¡incluso una puerta de escape!!

entrada pastelito
¡¡¡Yupi!!!

¡Ahora solo necesito **UNA ÚLTIMA COSA!**

¡OYE, AMOROSO!

¡¡¡HOLA, gatito!!!

¿Puedo probarme tu sombrero?

¡Claro!

¡PLOP!

¡Aquí lo tienes, gatito!

POMP
chiiiic

Capítulo 6

Por Jorge Betanzos y Berto Henares

¡YO ODIOSO!

¡ODIOSO GOLPEAR!
COMBUDADORA
Pastelitos

COMBUDADORA
Pastelitos
PUMBA

ESTE... ¿QUÉ HACER AHORA ODIOSO?

salida pastelito
¡Ay, mira!
¡ODIOSO VER SALIDA!

¡ODIOSO GOLPEAR!

¡ODIOSO PATEAR!

¡¡¡ODIOSO NARRAR INNECESARIAMENTE!!!

Mano izquierda aqu

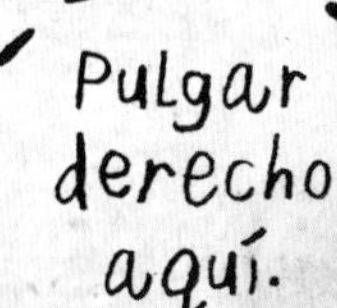
Pulgar
derecho
aquí.

¿Todavía estás molesto conmigo, papi?

Un poco...

¡Pero se me pasará!

¡Qué bien!

Es importante perdonar, ¿verdad, papi?
Sí, supongo que sí.

¡Pero no puedes perdonar a **todo el mundo**!
¿Por qué no?

¡Porque algunas personas no se lo **merecen**!

¡Como tu **abuelo**!

¡Ah, yo perdoné al abuelo hace tiempo!

¿Cómo pudiste perdonar a ese tipo?

¡Te **secuestró**!

¡Te abandonó en un cubo de reciclaje!

¡Te ha traicionado cada vez que ha podido!

¡QUÉ CLASE DE MONSTRUO T
¡Oye, papi, mira!

Atrapé un gusano.

¿ME ESTÁS ESCUCHANDO?

Mientras tanto...
¡Buenas tardes, amigos!

¡Soy Sara Guerra con las últimas noticias!

¡¡¡Un extraño gatoaraña está atracando la ciudad!!!
¡ODIOSO ROBAR!

Díganos, Sr. Odioso, ¿qué siente un malvado despiadado?

Este...

Si ODIOSO ser totalmente honesto...

sentirse un poco solo.

¡¡¡ODIOSO querer alguien con quien hablar!!!

¡¡¡ODIOSO NECESITAR AMIGO!!!
shif
shif
jefe

¿Oíste eso, Hombre Perro?
jefe

¡¡¡Ese gato malvado busca un compañero!!!
jefe

¡¡¡Y eso me ha dado una **idea**!!!
jefe

¡Tienes que **infiltrarte**!
jefe

¡Infiltrarte bien!
jefe

Tienes que convencer al tal **ODIOSO**...
jefe

¡de que eres tan **malvado** como **él**!
jefe

A ver...
jefe

ñic
ñic

¡Y ahora el **toque final!**
jefe
Soy un gato

jefe
Soy un gato
ñic ñic
ñic

jefe
Soy un gato malo.
¡¡¡Perfecto!!!

¡¡¡Ahora ve y haz que me sienta orgulloso de ti!!!
jefe
Soy un

¡Hiss! ¡Hiss! ¡Hiss! ¡Hiss!
policía

CAPÍTULO 7

HOMBRE GATO

Soy un gato malo.

Jorge y Berto

Mientras tanto...
Pero ¿por qué, papi?

¡¡¡Porque tu abuelo es un APROVECHADO!!!

¡¡¡No puedes PERDONAR y OLVIDAR!!!

¡A veces tienes que ODIAR!

EL odio no siempre es ALGO MALO, ¿Lo sabías?
¿Ah, no?

¡Claro que no! ¡EL **ODIO** mantiene las cosas **vivas**!

¡EL **ODIO** es una **CONEXIÓN**!

¡¡¡A veces el **ODIO** es lo único que te queda!!!
Pedrito e HIJO

Papi, ¿y qué pasa con el **AMOR**?

¡Bah! ¡**Amor, bobadas**!

¡¡¡EL amor está bien para gente como tú!!!

¡Tú has tenido una VIDA FÁCIL!

¡Pero Las cosas fueron diferentes para mí!

¡EL abuelo fue MUCHO peor conmigo que contigo!

¡Y fue INCLUSO PEOR con mi MAMÁ!

fium

tras
tras
tras

Oye, papi...
sSSSS

¿Por qué conozco a mi abuelo...

pero no he conocido a mi **ABUELA?**

¿Por qué, papi?

¡Cómete la comida!

Pero ¿por qué, papi?

¿Papi?
Pedrito
e
HIJO

Mientras tanto...
¡Yo creer que ser tan MALO porque estar muy TRISTE!

¡Oye! Quizás si encontraras un AMIGO...

¡te sentirías ALIVIADO!

¿Pero dónde ODIOSO ENCONTRAR un amigo?

¡¡¡Amigos no aparecer de la NADA!!!

miau

¡¡¡OYE!!!

¿AMIGO?
Soy un gato malo.

Soy un gato malo.

¡Hissss!
clic

¡ODIOSO AMAR AMIGO!

¡ODIOSO Y AMIGO COMETER DELITOS!
Soy un gato malo.

Pero ¿qué delito cometer primero?

¡Yo saber! ¡DESTROZAR librería!
Libros de Berta

¡¡¡Vamos, AMIGO!!!

Soy un gato malo.

¡Oye! ¡¡ODIOSO ATASCADO!!

¡CLA-CLIC!
Soy un gato malo.

¡ODIOSO NO ENTENDER!
Soy un gato malo.

¡Te diré qué ha pasado, Odiosito!

Parece que te acaba de ARRESTAR...
Soy un gato malo.

este increíble policía infiltrado:
Casa del alcalde

¡HOMBRE GATO!

¿Viste eso, Sr. Peluchín?
miau
clic

¡Yo contraté a ese gato!

¡¡¡Así que el héroe soy YO!!!

¿No estás orgulloso de mí, Sr. Peluchín?

Bueno amigos, ¡parece que ya ATRAPARON a ODIOSO!

¿ODIOSO CAPTURADO?

¡ODIOSO NO DE ACUERDO!
Soy un gato malo.

Soy un gato malo.

¡ODIOSO ENOJADO!
¡¡¡Ay, madre!!!

ODI-O-RAMA
¡¡¡No gustar ODIOSO cuando él enojado!!!

Soy un gato malo.

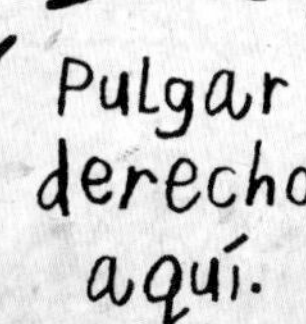
Pulgar derecho aquí.

Y entonces...
Soy un gato malo.
¡PAAM!

¡Oye! ¡Tú eres Hombre Perro!
Soy un gato malo.

¡Oye! ¡Ese es Hombre Perro!
A

¡¡¡Tengo que AYUDARLO!!!

¡¡¡Tengo que DESTRUIRLO!!!
Casa del alcalde
A

CAPÍTULO 8

LA GRAN PELEA

Mientras tanto...
Pero ¿por qué, papi?

¡YA TE DIJE que no quiero hablar más de esto!

Pero ¿por qué?

¡¡¡Porque solo eres un niño!!!

¡Es IMPOSIBLE que comprendas por lo que yo he pasado!
¡Puedo intentarlo!

Mira... tu abuelo...

¡nos **ABANDONÓ** a mi mamá y a mí!

¡Se marchó cuando yo era un gatito!

se marchó cuando...

se marchó cuando mi mamá estaba enferma.

¿Tu mami estaba enferma?

Sí.

Pero se curó,
¿verdad?

¿Verdad, papi?

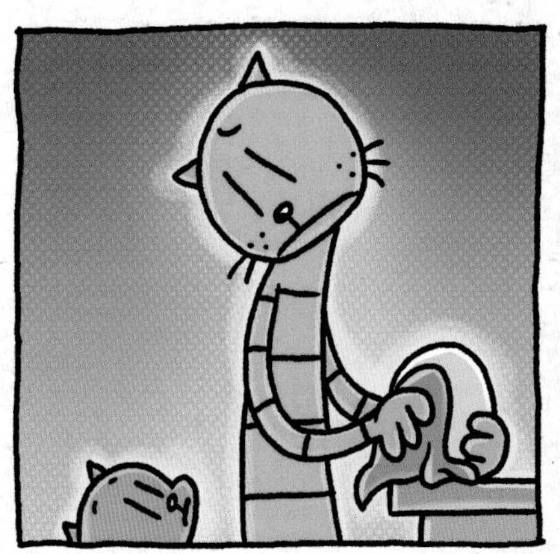

Mira, chico...

A veces ocurren cosas malas...

y no puedes perdonar...

¡ni puedes olvidar!

¡A veces el ODIO es lo único que te queda!

No sé, papi.

EL odio ha **causado** muchos problemas en este mundo...

pero aún no ha **resuelto** ninguno.
Pedrito e HIJO

Mientras tanto...
Soy un gato malo.

¡ODIOSO ODIAR NUEVO AMIGO!

¡¡¡ODIOSO DESTRUIR NUEVO AMIGO!!!
Soy un gato malo.

Pero antes...

¡ODIOSO DESATAR COLA!

¡NO TAN RÁPIDO, ODIOSITO!

PIUM

¡CRONCH!

¡AUMIAUU!

¡¡¡CHICOS, espérenme!!!
jefe

¡NO TAN RÁPIDO, JEFE!

Hombre Perro ya no es policía...
jefe
Pero...

¡¡¡¡¡¡se estaba HACIENDO PASAR por POLICÍA!!!!!!
jefe
Pero...

¡¡¡Hombre Perro debe ir a la CÁRCEL!!!
Pero...

¡¡¡¡¡Y si lo ayudas, TÚ también irás a la cárcel!!!!!
Pero...
jefe

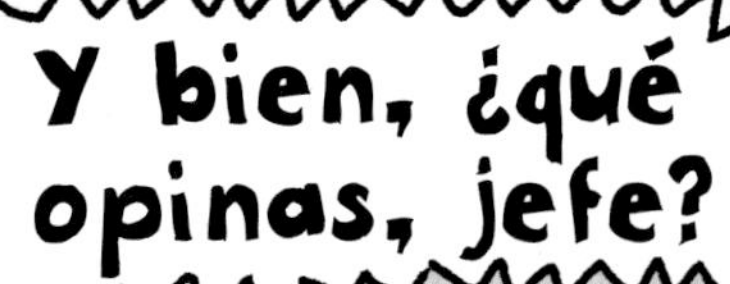
Y bien, ¿qué opinas, jefe?

jefe

¿LO ARRIESGARÁS TODO POR ESE INÚTIL?

Bueno... este...
jefe

¡CLARO QUE SÍ!
jefe
¡poing!

¡HÁGANLE SITIO AL JEFE!
jefe

¡Así que el jefe es un TRAIDOR!

Bueno, no se queden ahí parados...

¡ARRÉSTENLOS!
pero...
pero...
pero...

¡¡¡NO MÁS PEROS!!!

¡ARRÉSTENLOS O ESTÁN DESPEDIDOS!

Y así...
¡Lo siento, jefe!
jefe
CLIC

¡Sara, no tenemos otra opción!
CLIC

¡JA, JA!
¡GENIAL! ¡¡¡Ahora el malo se escapa!!!
jefe

¡¡¡Es culpa de ustedes!!!

¡¡¡Estaban ayudando a un DELINCUENTE!!!
jefe

Ahora pongan a esos BOBOS en el POLIMÓVIL...
policía
jere

¡¡¡y desaparézcanlos de mi VISTA!!!
policía

¡Está bien, alcalde!
policía

Brrum
policía

¡OYE!

¡OYE! ¿QUÉ ES ESTO?

LA 3ª BOLSA DE PAPEL MÁS GRANDE DE LA CIUDAD

Y TIENDA DE REGALOS

¡Caramelos salados!

¡Aerosol vivificante!

ATENCIÓN:
Por favor no rociar esta bolsa de papel gigante con AEROSOL VIVIFICANTE.
(¡Ahora disponible en nuestra tienda de regalos!)
¡¡¡El MOTO CEREBRO DE ODIOSO tener BUENA IDEA!!!
¡Aerosol vivificante!

Capítulo 9

LA BOLSA DE PAPEL DE MOTO CEREBRO

Mano izquierda aqu

Pulgar derecho aquí.

ODIOSO
LEER
ETIQUETA
ATENTAMENTE
Aerosol vivificante
Las cosas cobran vida

ODIOSO
AGITAR
LATA
ENÉRGICAMENTE

ODIOSO
ROCIAR
BOLSA
COMPLETAMENTE

¡YO, TRAGÓN!

¡Entonces COMER!

¡RICO!

CRAS

Ñam
Ñam
Ñam
Ñam

¡TRAGÓN SEDIENTO!

CRAC

Central nuclear de Bob

CLON

¡SUUUUUUUP!

¡¡¡NO, TRAGÓN!!! ¡NO BEBER JUGO NUCLEAR!

Central nuclear de Bob

¡¡¡DAR DOLOR DE BARRIGA!!!

Casa de la anciana
Casa del alcalde
Casa de otro tipo

¡TRAGÓN! ¡¡¡CORRER A AQUELLA CHARCA!!!
¡¡¡BEBER AGUA DE AQUELLA CHARCA!!!
¡¡¡CORRER, TRAGÓN, CORRER!!!

Mientras tanto, en aquella charca...

Muy bien, niños...

Esta vez, ¿alguien **que no sea** Mario?

¿Qué tal tú, Moni?

Ejem...

un adverbio es...

es como... es...

¿una palabra que describe cosas?

¿Podrías ser más concreta?
Esto... ya sabes. ¿Cosillas y demás?

¡Por favor, por favor, por favor por favor, por favooooooooor!

Está bien, Mario.

Un adverbio es una palabra que modifica, cuantifica o califica un verbo, un adjetivo u otro adverbio...

y expresa modo, lugar, tiempo, frecuencia...

¡Ya, gracias! Genial, Mario.

¿Y ahora quién puede usar un ADVERBIO en una oración?

¡YO! ¡YO! ¡YOO!

Por favor, por favor, por favo
por favor, por favor, por favo
Está bien, Mario.

Ejem.

YO soy tan LISTO como...

una... una... una...

¡¡¡UNA BOLSA DE PAPEL!!!

Bien, pero ¿dónde está el **ADVERBIO?**

¡¡CORRAN!!
¡¡SALTEN!!
¡¡ESCÓNDANSE!!

¡¡¡ADVERBIOS!!!

CAPÍTULO 10

EL PODER DE HD 80

Mientras tanto...
Hombre Perro
Bueno, amigos...

¡Parece que todo está PERDIDO!

ODIOSO anda suelto...
Aceite de

TRAGÓN está atacando...

¡Y los BUENOS vamos camino a la CÁRCEL!
jefe
Soy un gato malo.

¿Oye, dónde están Las cámaras de TV?
jefe
¡Shhh!

En fin...
policía

policía
¿¿¿Quién nos ayudará cuando más lo necesitamos???

¿¿¿Quién responderá a nuestro llamado???

¿¿¿Quién se enfrentará a la tiranía de nuestros opresores???
Chan Clas Chan Clas Chan Clas
Aceite de motor
jefe

Mientras tanto...
Pedrito e HIJO

¡¡¡Ahora apenas puede pararse!!!

Le hiciste la cabeza demasiado grande.

¿DE VERDAD? Vaya, ¡¡¡gracias, profesor Evidente!!!

¿Confundiste otra vez los centímetros con los milímetros?

¡¡¡No tiene gracia!!!
Trabajé realmente...

¡CRAS!

CRAS
POM

¿Entiendes lo que quiere decirnos?
No creo.

¡No te entendemos, HD 80!

Chan Clas Chan Clas Chan Clas Chan Clas Chan Clas Chan Clas Chan

Chan Clas Chan Clas Chan Clas Chan Clas
Chan Clas
Chan Clas Chan Clas Chan Clas

Come Grasa
Gato aseado

Súper salmón crujiente
Aritos de Pescado
¡Toinc!
Bolsas de papel
SR. MENTA

MATERIALES DE ARTE

FISSSSSSSSSSSSS
MIAU

clas clas clas

CHOFFFF

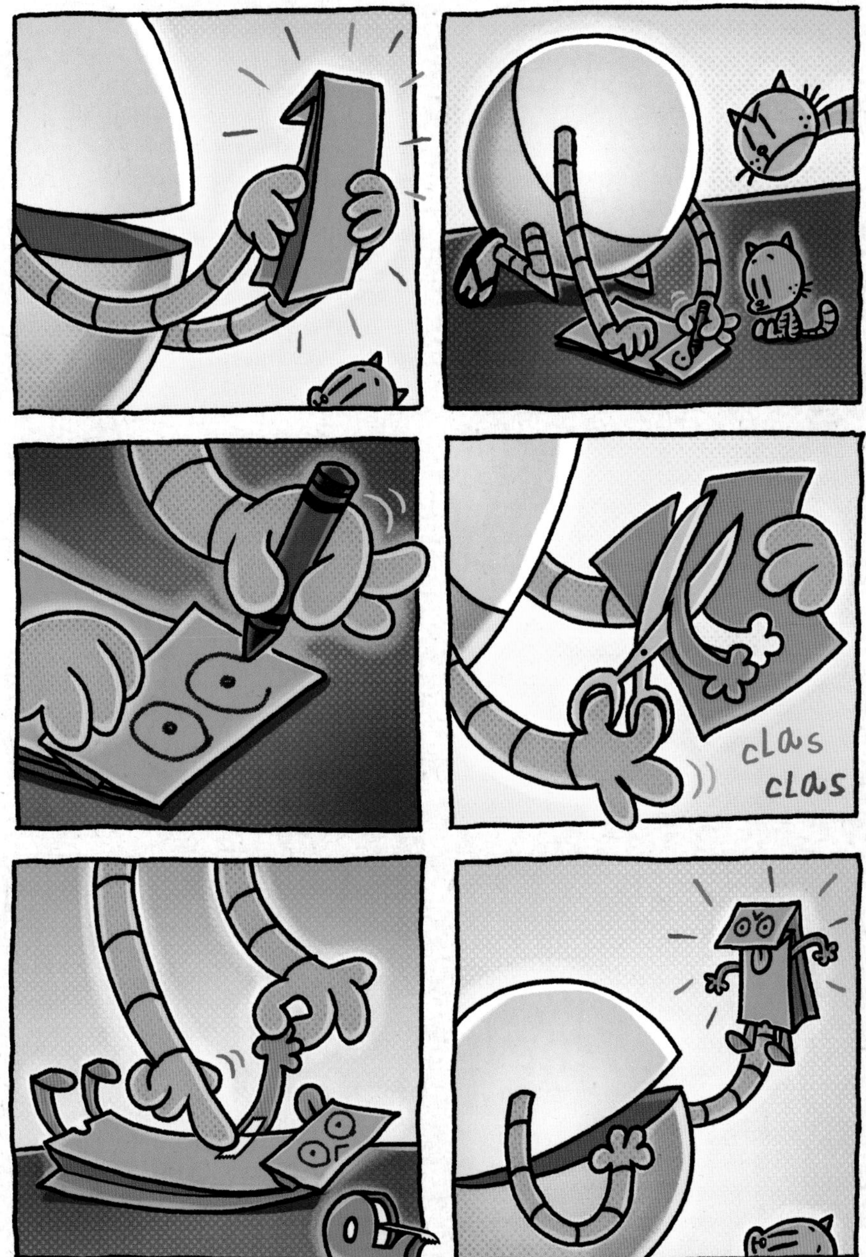
cLas
cLas

PLASTILINA
6 COLORES
No tóxico

¡CLAC!

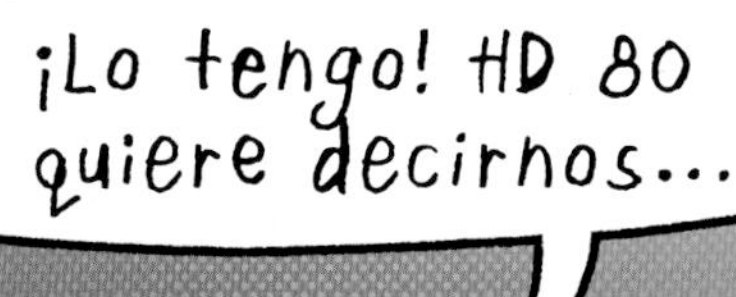

¡Lo tengo! HD 80 quiere decirnos...

que una bolsa de papel gigante cobró vida...

¡y nuestros amigos están en un aprieto!

¿No podía haber hecho un dibujo y ya?

¡Vamos, papi! ¡¡¡Tenemos que salvar el mundo!!!
Ah, ¡DE ACUERDO!

¡OYE!
¡CRAS!
Pedrito e HIJO

¿No te dije que usaras la puerta?

Pedrito e HIJO

¡PUMBA!
Pedrito e HIJO

Chan Clas Chan Clas Chan

Chan Clas Chan Clas Chan

ÑIIIIIIIC

Pedrito e HIJO
ZUUUM

¡Bueno, esta vez usó la puerta!
PLAS

Y así...

¡Hola, Moni!

Hola, chicos.
¿Qué haces?

Estoy tratando de salvar a Aleta con mis poderes de telequinesia...

pero no soy tan fuerte.

¡Quizás **nosotros** podamos ayudar!
disfraces

¡¡¡Ah, ya veo!!!

Cuando todo va bien, eres el **"SEÑOR AMOR"**...

pero cuando pasa algo **MALO**...

¡te pones el traje y **PELEAS!**
disfraces

¿De qué habla Waldo?

¡NO ME LLAMO WALDO!

Ya lo sé.

Pero a mí me gusta llamarte Waldo.

¡Estoy hablando de este DOCTOR AMOR!

¡Solo le importa el AMOR, AMOR, AMOR!

Pero cuando se enfrenta cara a cara a la PURA MALDAD...

¡¡¡ENTONCES SACA LAS GARRAS!!!

¿Ves? ¡Te DIJE que el ODIO era importante!

¡¡¡SOLO EL ODIO PUEDE VENCER AL ODIO!!!

Quizás Waldo tenga razón.

Sí, quizás...

¡Oye! ¡¡¡Vamos a averiguarlo!!!

¿Están listos?

CAPÍTULO 11

Amor contra Odio ¿Quién vencerá?

Bueno, ya sé lo **que** tenemos que hacer...

pero, ¿**CÓMO** lo hacemos?

Este... esa es una buena pregunta.

A ver... ¿¿¿Qué cosas **AMAMOS**???

Yo amo dibujar.

¡Oye! ¡Yo también!

¡¡¡TODOS amamos dibujar!!!
CRAYONES
64
COLORES

¡¡¡Amo dibujar PULPOS!!!
CRAYONES
64
COLORES

¡Te enseñaré cómo!

Primero dibujas un triángulo...
¡¡¡Luego dibujas una cara y unas patas puntiagudas!!!
¡¡¡Vaya!!!

¡Moni, se te da muy bien dibujar pulpos!

Gracias. ¡Practico muy a menudo!

¡HD 80 ama dibujar corazones!

¡Y yo amo a mi papi, así que voy a dibujarlo!

¡OYE! ¡No dibujes mi cara en su trasero!
¡Muy tarde!

Y así...
¡Pss! Oye, compadre...

¡¡¡Me gustan tus nuevos tatuajes!!!

¡¡¡Son tan lindos, simpáticos y tiernos!!!

¡¡¡Hacen que te veas ADORABLE!!!

Tragón estaba tan avergonzado que soltó a Aleta y se tapó el trasero.

Aleta, ¿estás bien?

Muy bien.

¡Oigan, chicos! ¡¡¡Ya pueden salir del escondite!!!

¡ESO! Agarren un CRAYÓN...

¡y mostrémosle a este tipo un poco de AMOR!

¡¡¡¡HURRA!!!!
CRAYONES 64 COLORES

¡¡¡Yo amo el helado!!!
¡Yo amo los perritos!

¡Yo amo el tres en raya!
¡Yo también!
¡Yo amo los autos!

¡Yo amo la música!
¡¡¡Yo amo los murciélagos!!!

¡¡Yo amo la pizza!!

¡Yo amo a papi!
¡¡¡Yo amo las arañas!!!

¡Yo amo los dino-saurios!
¡Yo amo los esqueletos!

¡Podríamos dibujar juntos TODOS LOS DÍAS!

AYYYYYYYY
¡Adiós, Sr. Tragón!
¡Te queremos!
¡Vuelve pronto!

¡Oye, papi! ¡Parece que ganó el amor!
¡EL AMOR TUVO SUERTE!

Bueno, ¿sabes lo que dicen de la SUERTE?

¡QUE SIEMPRE SE ACABA!

policía

jefe

CAPÍTULO 12
EL ÚLTIMO ENFRENTAMIENTO

Chico, no sé si pueda hacerlo.

Claro que puedes.

Es **TU** historia, papi.

La puedes colorear como quieras.

policía
¡YO TENER TUS AMIGOS, PEDRITO!

¡Estrictamente hablando, no son MIS amigos!

Ah. Así que no importar si yo hacer...

¡¡¡ESTO!!!
policía

¡¡¡AY, NO!!!
¡Vamos, Aleta!

policía
¡Abueeelo!

JA JA JA JA

No puedo hacerlo, chico.

No puedo amar como TÚ.

Papi...

no tienes que hacerlo.

desliza

Solamente olvida el odio.

¡YUPI! ¡¡¡PEDRITO VOLVER PARA MÁS CASTIGO!!!

Papá...
¿QUÉ?

Ya me cansé.
¿CANSAR DE QUÉ?

Me cansé de odiarte.

¡AAAY! ¡QUÉ LINDO ERES!

¿Y ahora qué vas a hacer? ¿¿¿QUERERME???

No...

Voy a pe... per...

perdonarte.

¿PERDONAR A MÍ?

¡PLOC!

¿Perdonar POR QUÉ?

¡NUNCA te hice nada a ti!

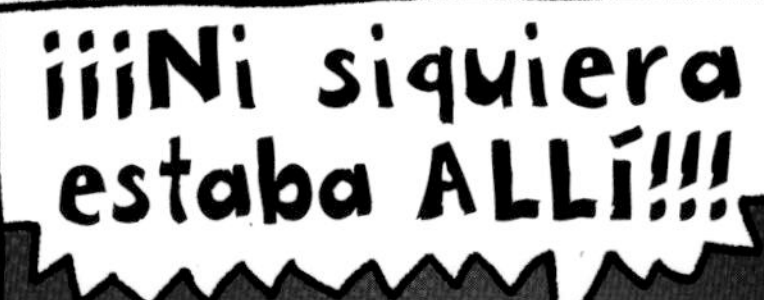
¡¡¡Ni siquiera estaba ALLÍ!!!

¡No tienes derecho a PERDONARME!

¡AÚN NO TERMINAMOS!

policía

jefe

¡Adiós, Waldo!

CAPÍTULO 13

El primer final
LA HISTORIA DE ABUELO

¡¡¡OYE!!! ¡¡¡VUELVE AQUÍ Y PELEA!!!

¡MUCHAS gracias, MOTO CEREBRO!

¡No me ayudaste en NADA!
¡POM!

CLON CLAN

¡Oye! ¡¡¡Mi sombrero!!!
PLON PLUN

FUUIS

¡AMOROSO VOLVER!

¡¡AMOROSO AMAR GATITO!!

NNNNOOOOOOOOOOOO

El segundo final
LA HISTORIA DE HOMBRE PERRO
Soy un

policía

Jefe
CLON

Jefe
¡¡¡Yupi!!!
¡¡¡Somos LIBRES!!!

¡¡¡No tan rápido!!!
jefe
¡POM! ¡POM!

¡¡¡Aún me deben explicaciones a MÍ!!!

jefe
¡ESPLÁS!

jefe

¡HOMBRE PERRO!
Cuando acabe contigo...

¡Oye, alcalde! ¡Se quema tu casa!

¡SR. PELUCHÍN!

¡SR. PELUCHÍN,
YO TE SALVARÉ!

¡ALCALDE! ¡¡¡NO ENTRE AHÍ!!!
casa del alcalde

¡ALCALDE! ¡NOOOO!
casa del alcalde

¿¿¿Qué podemos hacer??? ¡¡¡Está ardiendo!!!

Pero entonces...
Casa del alcalde
ZUUM

¡HOMBRE PERRO! ¡¡¡NOOOO!!!
Jefe

Casa del alcalde

¡Jefe! ¡NOOOO!
Casa del alcalde
CRAC
CRACRACRAC
Jefe

¡CRAS!

¡FIUUM!

Vaya, ¡sentimos lo de su casa, alcalde!
ARDE
ARDE
ARDE

¡¡¡No me importa LA CASA!!!

¡EL SR. PELUCHÍN ESTABA DENTRO!

Y ahora está... y ahora... ahora...

¡¡¡Y TODO ES CULPA TUYA!!!

¿QUÉ PUEDES DECIR EN TU DEFENSA?

¿Y BIEN?

cof
cof

¡SR. PELUCHÍN!

¡Estás a SALVO!

¡GRACIAS, HOMBRE PERRO!
Beso
Beso
Beso

¡Eres el MEJOR POLICÍA CON CABEZA DE PERRO de la ciudad!
¿No es el ÚNICO
¡¡¡Shhh!!!

El tercer final/
LA HISTORIA DE PEQUE PEDRITO

¡Chico, el abuelo se puso furioso cuando lo perdonaste!

¡Sí! Si hubiera sabido que iba a molestarse tanto...

¡Lo habría perdonado HACE AÑOS!

¡Bueno, ya estamos en casa!
Pedrito e HIJO

Sí.

Espera aquí, chico. ¡Vuelvo enseguida!

Pedrito e HIJO

Pedrito
e
HIJO

Ya está, vamos.

¿Adónde vamos, papi?
Pedrito
e
HIJO
Ya lo verás.

No había estado aquí desde que era niño.

Es lindo, ¿verdad?
Sí.

Papi, ¿La abuela está ahí?

No.

Ahora está aquí...

y también aquí.

¿También está aquí, papi?

Bueno...

Es **TU** historia, chico.

Puedes colorearla como quieras.